ISBN : 978-2-412-08894-4
Dépôt légal : Juin 2023

Imprimé en République tchèque
Édition : Frédéric Lorreyte pour la première édition,
Hélène Boursin pour la présente.
Couverture et mise en page intérieure : NoOok
Correction : Marjorie Poitte
Illustrations : Shutterstock, Freepik

Éditions First, un département d'Édi8
92 avenue de France
75013 PARIS – France
Tél. : 01 44 16 09 00
Fax : 01 44 16 09 01
E-mail : firstinfo@efirst.com
Site Internet : www.editionsfirst.fr

Maïa Gidoin et Virginy L.Sam

TU SAIS QUE TU AS 18 ans

FIRST
ÉDITIONS

Avant-propos

Ça y est, tu as 18 ans ! Tu te sens léger, comme un détenu fraîchement libéré de son bracelet électronique après des années de liberté conditionnelle. Et ça, c'est bon ! Même si tu es tiraillé entre l'adulte merveilleux que tu as l'intention de devenir (tu ne quittes plus ta carte d'électeur) et l'enfant que tu es encore un peu (ton vieux T-shirt *Dora l'exploratrice* te sert toujours de pyjama), tu te sens pousser des ailes comme jamais. Ce n'est pas que *Harry Potter* ne reste pas ton film préféré, mais tu as bien l'intention de goûter à toutes les nouvelles choses que la vie te propose.

LA PLUS GRANDE INJUSTICE DU MONDE

Quinze interminables années d'école pour une seule petite semaine de bac !

QUIZ

EXIL

Ce que tu emmènerais sur une île déserte :

a. Ton smartphone (trop con, vu que, sur une île déserte, le réseau est forcément à chier).

b. Ta carte d'électeur toute neuve (trop con, vu que, sur une île déserte, comme son nom l'indique, il n'y a personne : tu serais donc et le seul candidat, et le seul votant).

c. Un kit de survie (pas con).

Réponse : c.

RENGAINE

Tes parents te saoulent à te répéter sans cesse :

- de prendre moins de photos parce que, merde, tu passes à côté de la vraie vie ;
- que la maison n'est pas un hôtel. Pourtant, tu y mettrais bien trois étoiles pour la bouffe et le service blanchisserie impeccable ;
- de ranger ta chambre ! Eh oui, malgré tes 18 ans, tes parents restent (et resteront) tes parents.

TU SAIS QUE TU AS 18 ans quand...

... tu as rêvé de visiter le monde à l'envers en regardant *Stranger Things*.

... tu as déjà mis plus d'un quart d'heure à choisir un filtre Instagram.

... pendant la moitié de ta vie, tes parents t'ont nourri aux céréales Kellogg's transgéniques et quand, durant l'autre moitié, ils t'ont saoulé avec le bio.

... tu trouves trop bouffons les gens qui utilisent les hashtags dans leur discussion : #lol #fail.

BLA-BLA (DE MECS)

Tes expressions favorites

- « J'ai un crush pour cette fille, je suis trop sur elle. »
- « On s'est tapé des barres ! »
- « J'ai de la super weed, tu veux bédave ? »
- « Ce soir, j'reste chez moi chiller. »
- « Cette musique, elle m'enjaille de fou. »
- « Cimer ! »

LE PIRE MOMENT DE PANIQUE

DE TOUTE TA VIE

**« AAAAHHHHH,
j'ai oublié
mon smartphone ! »**

LES JOUETS DE TON ENFANCE

- **Hippos gloutons :** tu devais appuyer comme un fou sur la queue de ton hippopotame afin qu'il avale le plus de billes possible.
- **Le Furby :** l'animal de compagnie virtuel le plus kitsch jamais vendu.
- **Le Twister :** se contorsionner pour placer mains et pieds sur des pastilles de couleur.
- **Les figurines Power Rangers :** cinq héros casqués (d'un kitsch jamais égalé depuis) à l'assaut de créatures maléfiques.
- **Les boîtes Polly Pocket :** un must rose et girly.

TU SAIS QUE TU AS 18 ans quand...

... tu te dis que Facebook, c'est pour les vieux.

... t'es persuadé d'avoir tout vécu.

... tu ne fais plus jamais de bulles avec tes chewing-gums. Tu es bien trop mature pour ça.

... tu trouves que tu viens de te prendre un coup de vieux comme jamais (et pourtant, ce n'est que le début d'une longue série !).

CITATION PLOMBANTE

« Être adulte,
c'est être seul. »
(Jean Rostand)

QUIZ

RABÂCHAGE

La phrase que tu entendras le plus cette année :

a. Alors, ça fait quoi d'avoir 18 ans ?

b. Au fait, ça fait quoi d'avoir 18 ans ?

c. Dis donc, ça fait quoi d'avoir 18 ans ?

Réponse : mais c'est vrai, ça : ça fait quoi d'avoir 18 ans ?

QUESTION EXISTENTIELLE

Mais pourquoi n'a-t-on pas encore inventé le moyen d'envoyer des textos sous la douche ?

TU SAIS QUE TU AS 18 *ans quand...*

... ça fait déjà dix ans que tu es au courant qu'on embrasse avec la langue, mais seulement cinq que tu sais qu'en fait, c'est pas dégueu.

... tu ne risques plus de te faire enlever par un pédophile.

... tu avoues à tes parents que tu fumes… depuis six ans.

... tu sais qui est K. Maro.

Muni de ton inséparable smartphone, tu attaques enfin *le premier jour du reste de ta vie* (comme le chante un vieux type de la génération de tes parents). C'est pourquoi un petit bilan s'impose.

Alors, bienvenue dans ces pages, où l'humour côtoie la lucidité.

TU SAIS QUE TU AS 18 ans quand...

... t'as envie d'en avoir 21 pour avoir la majorité internationale.

... tu peux coucher avec tes profs sans qu'ils risquent leur place sauf que, même si tu en rêvais à 15 ans, maintenant ça ne te dit plus rien.

... tu as le droit de conduire autre chose que des autos tamponneuses.

... tu trouves ta mère ringarde.

ÇA FAIT DRÔLE, MAIS C'EST VRAI

Désormais,
tes parents élèvent
un adulte !

QUIZ

CODE CIVIL

En France, la majorité civile est fixée à 18 ans depuis :

a. 1792.

b. 1818.

c. 1974.

Réponse : c.

TROP CHOU À 8 ANS, TROP NAZE À 18

- Avoir le soutif de ta mère en doudou.
- Dire sérieusement : « Un jour, je me marierai avec mon papa. »
- Avoir le poster de Barbie princesse au-dessus de ton lit.
- Manger tes crottes de nez quand tu as un petit creux.
- Fêter ton anniversaire de 14 heures à 17 heures.

TU SAIS QUE TU AS 18 *ans quand...*

... il y a 18 centimètres de poussière sous ton lit (un centimètre par an).

... tu trouves que les jeunes de 17 ans ont vraiment l'air de gamins mal finis.

... tu sais super bien cuisiner, surtout les pâtes au beurre et les radis en rondelles.

... tu t'es cru assez grand pour regarder *Inception*. Malheureusement, comme tout le monde, t'as rien compris !

... tu trouves ton père ringard.

CITATION

« Certaines personnes sont vieilles à 18 ans et d'autres jeunes à 90 ans. Le temps est un concept créé par l'être humain. »

(John Lennon)

TU NE CROIS PLUS :

- au Père Noël ;
- aux licornes ;
- que tes parents ne mentent jamais (la preuve : le Père Noël) ;
- que tes parents sont parfaits (la preuve : leur aptitude à mentir ; exemple : le Père Noël).

TU PEUX COUCHER ET MÊME TE MARIER AVEC :

- tes profs
- les commerçants de ton quartier
- les amis de tes parents
- les parents de tes amis
- Timothée Chalamet

TU SAIS QUE TU AS *18 ans quand...*

... tu as l'immense chance de pouvoir t'engager dans l'armée et d'enfin faire fantasmer tes copines.

... tu sais que la tortue qui chante la plus célèbre est Christophe Willem et non pas Franklin.

... tu veux plaire aux plus vieux que toi.

... tu as dit au moins dix fois cette année : « Non, je ne sais pas encore ce que je vais faire l'année prochaine » et qu'on persiste à te poser la question.

HOMONYMIE

Majeur,
comme toi !

VRAIES VALEURS

La Reine des neiges te sort par les yeux, alors que le premier qui touche à *La Petite Sirène* et à *Kuzco*, tu le dégommes.

C'EST UN MIRACLE SI :

- tes parents sont encore ensemble ;
- tu n'as jamais redoublé ;
- ton lapin doudou a toujours ses deux yeux ;
- tu n'as encore jamais eu de poux ;
- tu gères tellement bien tes sous qu'il te reste de l'argent de poche à la fin du mois.

BAD NEWS

Tu ne pourras plus regarder de vidéos TikTok sur l'autoroute des vacances puisque c'est toi qui conduiras.

Tu ne pourras plus regarder de vidéos TikTok sur les aires d'autoroute parce que tu seras trop occupé à faire le plein d'essence et à vérifier la pression des pneus.

Avoue : tu regrettes déjà ta trottinette !

JACKPOT

Tu as gagné le droit de vote, mais aussi le début des problèmes avec l'administration !

QUIZ

CODE DE LA ROUTE

Sur un rond-point :

a. On roule à double sens.

b. La vitesse est limitée à 120 km/h.

c. Tu n'as pas le droit de rouler sur le terre-plein central, sauf si tu vas tout droit.

Réponse : si tu as choisi l'une de ces trois réponses, un conseil : investis dans une bonne paire de baskets, parce que t'es pas près de décrocher ton permis !

JEU

Relie les mots que tu utilises avec ceux qu'utilisent tes parents pour dire la même chose.

GOVA •	• CIGARETTE
MDR •	• CHÉRI
BAE •	• TRUC
BAIL •	• HILARANT
GARO •	• BAGNOLE

Réponses : gova = bagnole ; mdr = hilarant ; bae = chéri ; bail = truc ; garo = cigarette.

TU SAIS QUE TU AS 18 ans quand...

... tu pleures encore devant *Le Roi lion*, mais en faisant du baby-sitting.

... tu as renoncé à la fonction mémoire de ton cerveau depuis que tu as un smartphone.

... tu n'as plus que deux coques pour ton smartphone (vu que tu viens de jeter les cinquante que tu avais achetées entre tes 16 ans et tes 17 ans et qui étaient vraiment des coques de bébé).

CITATION

« Si voter changeait quelque chose, il y a longtemps que ce serait interdit. »

(Coluche)

QUIZ

AUX URNES

Que peux-tu désormais faire dans un isoloir ?

a. Te confesser.

b. Voter.

c. Confectionner des cocottes en papier.

d. Péter.

Réponse : b.

PUB

Les slogans publicitaires de ton enfance

- « Chocapic, c'est fort en chocolat. »
- « L'Oréal, parce que je le vaux bien. »
- « Quand c'est bon, c'est Bonduelle. »
- « Haribo, c'est beau la vie, pour les grands et les petits ! »
- « Carglass répare, Carglass remplace. »

Et ton préféré : « T'avais dit qu'on ferait des Knacki ! »

CADEAUX REÇUS DE TES AMIS
pour tes 18 ans

Une collection de sex-toys

Des capotes en forme d'animaux

Une débroussailleuse à foufoune

Des pâtes mini-pénis

À CROIRE QU'IL N'Y A QUE TON SEXE QUI A 18 ANS !

CADEAUX REÇUS DE TES PARENTS *pour tes 18 ans*

Un stylo plaqué or

Une montre plaqué or

Un pass d'un an pour le musée du Louvre

Une chevalière à tes initiales

À CROIRE QUE TU AS DÉJÀ 30 ANS !

QUIZ

CONGÉS

Tu choisis ton lieu de vacances en fonction :

a. Du paysage.

b. Du débit du wifi.

c. Du nombre de kilomètres qui te sépareront du premier bar branché.

d. Du nombre de kilomètres qui te sépareront du lieu de vacances de tes parents.

Réponse : si tu as choisi la réponse a, rends ce livre, il n'est pas pour toi.

IL N'EST JAMAIS TROP TÔT POUR :

- commencer à tricher sur ton âge ;
- te renseigner sur l'orthographe du mot *Alzheimer* ;
- commencer à écrire tes mémoires ;
- ouvrir un PEL pour tes futurs enfants ;
- connaître la fréquence de Radio Nostalgie.

TU DEVIENS TÉLÉPATHE *dès que...*

... tu passes devant un McDo : « Oh, j'entends la voix d'un burger qui m'appelle ! »

... tu passes devant un Apple Store : « Oh, j'entends la voix du dernier iPhone qui m'appelle ! »

... tu passes devant une boîte de nuit : « Oh, j'entends la voix d'un plan cul qui m'appelle ! »

RABAT-JOIE

Quand tes parents commencent leurs phrases par : « Moi, à ton âge… », tu n'as qu'une seule envie :

LES ENVOYER EN ORBITE JUSQU'À LA FIN DE LEURS JOURS !

FAUT LE SAVOIR

La *nomophobie* est le nom donné à la phobie d'être séparé de son téléphone portable.

MAIS, BIEN SÛR, CECI NE TE CONCERNE EN RIEN !

MAUVAISE FOI

« MAIS BIEN SÛR QUE JE PEUX ME PASSER DE MON SMARTPHONE UNE SEMAINE ENTIÈRE ! »

Alors qu'en fait, au bout de deux heures, tes cheveux commencent à tomber, des plaques d'eczéma grosses comme des steaks te poussent partout sur le corps et ton acuité mentale fond comme neige au soleil jusqu'à devenir proche de celle d'un bulot.

TU SAIS QUE TU AS 18 ans quand...

\# ... tu es beaucoup plus souriant sur tes Snapchat qu'en vrai.

\# ... tu as des lèvres beaucoup plus normales en vrai que sur tes selfies duckface.

\# ... tu sais parfaitement quel filtre Instagram te met en valeur.

\# ... tu as décidé que ton prochain animal de compagnie s'appellerait Insta, Tweety ou Billie (pour Billie Eilish).

TÉMOIGNAGE

« Je m'en fous d'avoir l'air con en faisant un selfie, j'ai 18 ans, et j'emmerde tout le monde ! »

(Victor Lugo)

Comme quoi, une lettre dans un nom fait parfois une grande différence !

AVOUE

Dans ton enfance,
tes parents ont voulu
te donner le goût de
la lecture en t'abonnant
au *Petit Quotidien*. Ce qu'ils
ne savent pas, c'est que
tu te ruais chaque jour
dessus uniquement
pour la mini-BD de
la dernière page.

TRISTE RÉALITÉ

Maintenant que tu es adulte :

- tu ne fêteras plus jamais ton anniversaire au McDo (même si un jour, tu as aimé le clown Ronald comme ton frère) ;
- tu dois t'essuyer tout seul quand tu fais caca ;
- tu paies plein pot au ciné, même quand tu vas voir le dernier Pixar (que tu ne louperais pour rien au monde) ;
- plus personne ne t'aidera quand tu auras la tête coincée dans ton sous-pull.

AVERTISSEMENT

Phrases terribles que tu vas bientôt prononcer, étant donné que, désormais, tu es un adulte

« Non, merci, ce n'est pas raisonnable. »

« Je commence à cotiser pour ma retraite, c'est cool. »

« Eh oh ! Y a des gens qui dorment ici ! »

« Fait chier, il neige ! »

« Arrête de me pousser dans les vagues, je ne veux pas me mouiller les cheveux. »

DANGER

- Quand ta batterie de smartphone affiche moins de 20 %, tu commences à avoir des sueurs froides.
- Quand ta batterie de smartphone affiche moins de 5 %, tu décèdes sur place.

QUIZ

CULTE

Qu'est-ce qu'un Nimbus 2000 ?

a. Une maladie de peau qui gratte.

b. Un modèle d'aspirateur Rowenta.

c. Le premier balai de Harry Potter.

Réponse : c.

PRODUITS DÉRIVÉS

Tu as forcément eu dans ton enfance :

- un range-pyjama Télétubbies ;
- un distributeur PEZ Bob Razowski ;
- une figurine de Buzz l'Éclair ;
- des chaussons rembourrés Cars ;
- le maillot de Mbappé.

TU SAIS QUE TU AS 18 ans quand...

... tu ne vas plus jamais seul aux toilettes : tu es toujours accompagné de tes 5 000 amis Instagram.

... pour toi la culture générale s'appelle Wikipédia.

... tu peux te faire tatouer Fuck the world dans le dos sans autorisation.

... tu sais désormais que le petit bâton dans lequel on souffle à la sortie des boîtes n'est pas un sifflet qui ne marche pas, mais un alcootest.

18

Célèbre comme :

- le 18 juin 1940 et l'appel à la résistance du général de Gaulle ;
- les 18 trous du golf ;
- *18*, l'album de Moby ;
- la *18-yard box* du football américain ;
- le numéro d'appel d'urgence des pompiers ;
- et ton âge !

MISE AU POINT

« Maman, c'est bon maintenant ! J'suis assez grand pour prendre ma température tout seul ! »

PLAYLIST

Les chansons de ton enfance (tu sais, cette période qui s'est arrêtée le jour de tes 18 ans)

♪ *Happy* – Pharrell Williams

♪ *Gangnam Style* – Psy

♪ *Roar* – Katy Perry

♪ *Chandelier* – Sia

♪ *Papaoutai* – Stromae

♪ *Ma philosophie* – Amel Bent

♪ *Bella* – Gims

♪ *Problem* – Ariana Grande

♪ *Waka Waka* (*This Time for Africa*) – Shakira

♪ *What Makes You Beautiful* – One Direction

TU SAIS QUE TU AS *18 ans quand...*

\# ... tu connais le code parental de l'ordinateur familial depuis déjà trois ans.

\# ... tu peux manger un kebab à toute heure du jour et de la nuit.

\# ... ce n'est plus ton père qui paie le cadeau d'anniversaire que tu veux faire à ta mère, et vice versa.

\# ... tu réussis à tenir une discussion politique d'une heure sans savoir vraiment de quoi tu parles.

RECHERCHES GOOGLE LES PLUS FRÉQUENTES FAITES PAR LES JEUNES LE JOUR DE LEURS 18 ANS

- Où se faire faire un faux permis de conduire
- Boîtes à partouzes
- Comment virer ses parents de la maison
- Préservatifs *Star Wars* collector
- Henri Dès toujours vivant

HYSTÉRIE

Le jour de la mise en vente en ligne des places pour le concert de Bruno Mars :

« Maman, si tu ne me donnes pas ton code de carte bleue dans les dix secondes, je fous le feu à la baraque et je tue Benjamin ! » (Benjamin, c'est ton petit frère.)

JEU

Relie ces répliques cultes à leur film :

1. « Nul ne peut bafouer l'Empire romain. Quand on l'attaque, l'Empire contre-attaque ! »
2. « Un grand pouvoir implique de grandes responsabilités. »
3. « Que cette journée demeure celle où vous avez failli capturer le capitaine Jack Sparrow ! »
4. « J't'ai cassé ! »

a. *Spider-Man*

b. *Brice de Nice*

c. *Astérix et Obélix : mission Cléopâtre*

d. *Pirates des Caraïbes : la malédiction du Black Pearl*

Réponses : 1.c ; 2.a ; 3.d ; 4.b.

VOCABLE

Il n'y a pas d'âge pour s'amuser

Même si tu es majeur, tu kiffes toujours autant faire des bulles dans ton verre avec ta paille ou des bombes dans la piscine gonflable de ta sœur.

Seule différence : maintenant, on appelle ça des *gamineries*. Pff…

BONNE NOUVELLE !

Il te reste encore
au moins cinquante ans
à rire comme une
baleine quand
quelqu'un lâche
un pet en
public.

VDM

SPÉCIAL 18 ANS

Aujourd'hui, j'ai fait l'amour avec mon copain. Quand nous avons changé de position, il a crié : « Transformation Power Rangers ! »

VDM.

MIAM

Ta recette fétiche

- Entre deux tranches de pain de mie, fourrer tout ce que tu trouves de comestible dans ton frigo : charcuterie, fromage, reste de nouilles asiatiques, confiture…
- Ajouter une feuille de salade pour la déco et une bonne dose de sauce mayo, barbecue et ketchup pour le goût (sinon c'est fade).
- Déguster en regardant *Les Marseillais*.

TU SAIS QUE TU AS 18 ans quand...

... tu as au moins 500 amis sur les réseaux sociaux, dont 476 que tu n'as jamais vus ailleurs que sur leur photo de profil.

... (si tu es une fille) tu follow sur Instagram toutes les mannequins auxquelles tu rêverais de ressembler, comme Emily Ratajkowski, Kylie Jenner ou Gigi Hadid.

... (si tu es un garçon) tu follow sur Instagram toutes les mannequins que tu rêverais de mettre dans ton lit, comme Emily Ratajkowski, Kylie Jenner ou Gigi Hadid.

SANS SE MENTIR

18 ans, c'est l'âge de faire légalement tout ce que tu fais depuis que tu as 15 ans.

VÉRITÉS

- Tout jeune de 18 ans part deux jours à Amsterdam avec des potes… pour faire du vélo.
- Tout jeune de 18 ans va dans un sex-shop avec des potes… juste pour regarder.
- Tout jeune de 18 ans prend ses parents pour des cons… et croit qu'ils ne s'en rendent pas compte.

PHRASES QUE TU NE PRONONCERAS PLUS

- « Je t'emmerde, je suis mineur, tu peux rien contre moi ! » (À un flic.)
- « Si tu continues, je vais le dire à ma mère ! »
- « J'peux pas, j'suis puni. »
- « Maman, pipi ! »
- « Quand je serai grand, je serai président du monde. »

DEVINETTE

Je suis rose,
de taille moyenne
et j'intéresse les filles
de 18 ans.

Qui suis-je ?

Réponse : un permis de conduire.

TÉMOIGNAGE

« Je préfère être une star sur Instagram que personne dans la vraie vie. »

(Manon, 18 ans)

PRÉNOMS À LA MODE

Statistiquement, il y a des chances que ton blase soit :

- Thomas, Enzo, Lucas, Antoine, Hugo, Mathis, Nathan ou Théo.
- Léa, Camille, Manon, Chloé, Emma, Clara, Océane, Sarah ou Inès.

PETITE ANNONCE

ÉCHANGE L'INTÉGRALE DES *AVENTURES DE TINTIN* CONTRE L'INTÉGRALE DE *MANARA*.

TU SAIS QUE TU AS 18 ans quand...

... tu demandes de l'argent à ta mère pour aller au Franprix, mais que finalement tu dépenses tout chez Undiz.

... tu ne réponds jamais aux appels, mais toujours aux SMS (pourtant, tu fais beaucoup moins de fautes d'orthographe à l'oral !).

... tu shazam tout ce que tu entends, même la chanson de la pub pour les tampons.

... tu as pleuré à la séparation des *One Direction*.

CITATION

« On connaît mieux une personne après 18 trous qu'après 18 ans à l'élever. »

(Un golfeur anonyme)

BRANCHÉ

LES MARQUES POUR LESQUELLES TU VENDRAIS TA MÈRE

- Adidas
- Nike
- Bershka
- The North Face
- Pull & Bear
- Uniqlo

TROP TARD...

- ✖ ... pour manger avec tes doigts à la table des enfants.
- ✖ ... pour te rouler par terre quand tu n'es pas content.
- ✖ ... pour collectionner les billes.
- ✖ ... pour porter des cagoules.
- ✖ ... pour attraper la queue du Mickey au manège.

EXTRAIT DU FILM
Nos 18 ans

« De toute façon, qu'on l'ait ou qu'on l'ait pas, cette saloperie de bac, dans vingt ans, on sera grosses avec trois gamins casse-couilles… Et on sera cocufiées jusqu'à la moelle.

— Mais attends, ne sois pas si pessimiste ! Si ça se trouve, on est stériles ! »

(Réalisé par Frédéric Berthe, 2008)

EN CACHETTE

Tu donnes encore
rendez-vous à tes potes
au bac à sable, même si,
depuis longtemps,
le sable ne vous sert
plus à faire des pâtés,
mais à écraser
vos mégots.

QUIZ

TEXTO

Que signifie *tfq* en langage SMS ?

a. Tu fais quoi ?

b. Tu fuck qui ?

c. Tu fourres une quiche ?

Réponse : a.

PROFITE

Car bientôt ce sera toi qui…

- ... appelleras les flics parce que des jeunes font la teuf dans l'immeuble d'en face.
- ... auras un lumbago après avoir dormi bourré sur le canapé d'un pote.
- ... devras te ruiner chez l'ostéopathe après avoir fait l'amour à l'arrière d'une voiture.
- ... préféreras ne pas louper un épisode de ta série plutôt que de sortir boire des coups en terrasse.

TU SAIS QUE TU AS 18 ans quand...

... ta mère a confondu au moins une fois ta Switch avec son épilateur électrique.

... tu as jeté au moins une fois ta Switch dans le super écran plat de tes parents.

... tu as dormi au moins une fois avec ta Switch.

... aujourd'hui tu kiffes encore et toujours ta Switch.

BLA-BLA (DE FILLES)

Tes expressions favorites

- « Elle fait trop la meuf ! »
- « C'est claqué au sol ! »
- « Miskine ! »
- « On s'est tapé des barres ! »
- « On va s'ambiancer ce soir. »
- « Comment tu l'as friendzoné ! »

QUIZ

Que signifie le mot « bac » ?

a. C'est le diminutif de baccalauréat.

b. C'est l'acronyme de brigade, apéro, cuite.

c. C'est l'acronyme de brevet d'aptitude au chômage.

Réponse : les trois réponses sont valables.

QUELQUES PERLES DU BAC

(Tu sais, le truc pour lequel on te met la pression depuis que t'es né !)

- « Clovis est mort à la fin de sa vie. »
- « Une ligne droite devient rectiligne quand elle tourne. »
- « La drôle de guerre, cependant, n'a fait rire personne. »
- « Victor Hugo a notamment écrit *Notre-Dame de Paris* et *Les Minables.* »
- « Napoléon III était le neveu de son grand-père. »

TU SAIS QUE TU AS *18 ans quand...*

... tu te snapes même au réveil avec un nouveau filtre qui te colle des oreilles de lapin et un groin de cochon.

... tu as déjà mangé froid à cause d'une photo de ton assiette que tu as eu du mal à réussir.

... tu as une tendinite chronique au pouce droit à force de scroller.

... tu as écrit environ 40 000 fois plus de tweets que tu n'as lu de livres.

AVOUE

Il y a à peine quelques années, tu suppliais à genoux tes parents de s'inscrire à Koh Lanta. Mais ça, c'était avant. Trop la honte, tes parents en slip dans la télé !

CITATION

MÊME SI T'AS 18 ANS...

« T'es mal placé dans la chaîne alimentaire pour faire ta grande gueule ! »

C'est pas moi qui le dis, c'est Diego dans *L'Âge de glace*.

VÉRITÉ

Tu fais un début de dépression nerveuse quand…

- ... t'as pas de réseau.
- ... le seul concert de Dua Lipa de l'année a lieu à 6 000 km de chez toi.
- ... y a trop de queue chez Burger King.
- ... ton burger favori est en rupture de stock chez Burger King.
- ... ta nouvelle veste pue la frite en sortant de chez Burger King.

CINÉPHILIE

Tu l'as forcément fait :

essayer de lancer des toiles d'araignée avec tes poignets après avoir vu *Spider-Man* ;

chercher des tickets d'or dans toutes les tablettes de chocolat du supermarché après avoir vu *Charlie et la Chocolaterie* ;

demander à tes parents d'adopter un rat d'égout après avoir vu *Ratatouille* (mais ils ont finalement adopté un chat).

RECYCLAGE

Maintenant que tu as ton bac, tu peux rouler des clopes avec les pages de *Madame Bovary* et utiliser celles de tes annales de maths comme PQ.